coleção fábula

josé revueltas

a gaiola

tradução de
samuel titan jr.

editora 34

Para Pablo Neruda

Eles também, os *macacos*, estavam presos ali, *macaco* e *macaca*; ou melhor, *macaco* e *macaco*, os dois na jaula, ainda sem desespero, ainda sem cair no desespero total, com suas passadas de um lado para o outro, detidos, mas em movimento, aprisionados ali pela escala zoológica, como se alguém, como se os outros, como se a humanidade impiedosamente já não quisesse saber daquela história, dessa história de serem *macacos*, da qual nem eles queriam saber, *macacos* que eram, ou talvez não soubessem nem quisessem, presos de qualquer ângulo que se olhasse, enjaulados dentro do *caixote* de altas grades, altas como dois andares, metidos no uniforme azul de pano com insígnia brilhante na cabeça, metidos naquele vaivém bruto, natural e contudo fixo, sem nunca chegarem a dar o passo que poderia libertá-los da espécie intermediária em que se moviam, caminhavam, copulavam, cruéis e desmemoriados, *macaco* e *macaca* no Paraíso, idênticos, da mesma pelagem e do mesmo sexo, mas sempre *macaco* e *macaca*, encarcerados, fodidos. Com a cabeça hábil e cuidadosamente recostada sobre a orelha esquerda por cima da prancha horizontal que servia para fechar o estreito postigo, Polonio observava-os de cima, o olho direito cravado na direção do nariz, em rasante linha oblíqua, observava como iam de um lado para o outro dentro do *caixote*, com o molho de chaves que saía por baixo da jaqueta de pano azul e batia contra a coxa ao sabor de cada passo. Primeiro um, o outro depois, os dois *macacos* eram vistos, eram seguidos de cima do segundo andar por aquela cabeça que só dispunha de um olho para observá-los, a cabeça na bandeja de Salomé, para fora do postigo, a cabeça falante do circo, desprendida do tronco — como num circo, a cabeça que prevê o futuro e declama versos, a cabeça de São João Batista —, só que aqui na horizontal, recostada sobre a orelha. O olho esquerdo não via nada lá embaixo, exceto a superfície da prancha com que se fecha o postigo, enquanto eles, os *macacos*, no *caixote*, entrecruzavam-se ao ir de um lado para o outro, enquanto ela, a cabeça falante, insultante, com uma entonação lenta e arrastada, chorosa e cínica, espichando as vogais numa ondulação melódica de acentos alternados, contrastados, mandava-os à puta que os pariu sempre que um ou outro incidia no campo visual do olho livre. "Esses merdas de *macacos* filhos da puta." Estavam presos. Mais presos que Polonio, mais presos que Albino, mais presos que o Caralho. Durante alguns segundos, ao sabor das idas e vindas, o *caixote* retangular ficava vazio, como se não houvesse *macacos* ali dentro, por obra dos passos que os haviam levado, em sentido oposto, aos extremos da jaula, trinta metros, mais ou menos, sessenta de ida e volta, e então aquele espaço virgem, adimensional, convertia-se no território soberano, inalienável, do olho direito, tenaz, que vigiava milímetro por milímetro tudo quanto podia acontecer naquela parte do Pavilhão. *Macacos, arquimacacos*, estúpidos, vis e inocentes, com a inocência de uma puta de dez anos de idade. Estúpidos a ponto de não notarem que os presos eram eles e ninguém mais, eles e as mães e os filhos e os pais de seus pais. Sabiam que estavam ali para vigiar, espiar e olhar ao redor, para que ninguém pudesse escapar, nem de suas mãos, nem daquela cidade, daquelas ruas gradeadas, daquelas barras multiplicadas por todas as partes e todos os rincões, e suas caras estúpidas não eram nada mais que a forma de uma certa nostalgia imprecisa por outras faculdades, impraticáveis para eles, um certo balbucio da alma naquelas caras de mico, no fundo tristes por conta da perda irreparável e ignorada, o corpo todo coberto de olhos, da cabeça aos pés, uma malha de olhos cobrindo tudo, um rio de pupilas percorrendo-lhes cada parte, a nuca, o pescoço, os braços, o tórax, os bagos, cada um dos macacos dizendo e pensando consigo que estavam ali só para que pudessem comer e para que comessem todos em casa, na casa onde a família de *macacos* dançava e guinchava, os meninos e as meninas e a mulher, peludos por dentro, na casa onde o *macaco* passava vinte e quatro longas horas depois das vinte e quatro de turno na Preventiva, estirado na cama, sujo e pegajoso, as notas dos ínfimos subornos, cobertas de sebo, em cima do criado-mudo, notas que nunca saíam da prisão, infames, presas numa circulação sem fim, notas de *macaco*, que a mulher esticava e achatava na palma da mão, longamente, terrivelmente, sem se dar conta. Tudo era um não se dar conta de nada. Da vida. Sem se dar conta, estavam ali, dentro de seu *caixote*, marido e mulher, marido e marido, mulher e filhos, pai e pai, filhos e pais, *macacos* aterrorizados e universais. O Caralho suplicava para vê-los pelo postigo também. Polonio pensou como era odioso estar trancado ali com o Caralho, *engaiolado* na mesma cela. "Mas se você nem enxerga, porra...!" A mesma voz de cadências largas, indolentes, com a qual insultava os vigias no *caixote*, uma voz apesar disso impessoal, que todos usavam como um símbolo distintivo, por meio da qual não haveria como, às cegas ou às escuras, distinguir um de outro, mas ainda assim a forma de voz com que expressavam o gosto, o regozijo, a honra hierárquica de pertencer à casta orgulhosa, inconsciente e gratuita dos bandidos.

Claro que não ia enxergar nada. Não por causa do meticuloso trabalho de introduzir a cabeça pelo postigo, apesar do estorvo das orelhas, e pousá-la sobre a prancha, sobre a bandeja de Salomé, mas sim porque o Caralho não tinha precisamente o olho direito, e só com o esquerdo não veria nada, exceto a superfície de ferro, próxima, áspera, rugosa, e por isso mesmo tinham posto nele o apelido de Caralho, porque não valia nem um reverendo caralho para nada, não servia para caralho nenhum, com o olho cego, a perna aleijada e os tremores com que se arrastava de lá para cá, sem dignidade, famoso em toda a Preventiva pelo costume que tinha de cortar as veias cada vez que o punham na *gaiola*, os antebraços cobertos de cicatrizes escalonadas, uma depois da outra, feito o braço de um violão, como se estivesse absolutamente desesperado — mas não, pois nunca se matava —, abandonado até onde é possível estar, no fundo, sempre no limite, sem se importar com a própria pessoa, com esse corpo que parecia não lhe pertencer, mas do qual desfrutava, um corpo que ele resguardava, no qual se escondia, do qual se apropriava, encarniçadamente, com o mais urgente e ansioso dos fervores, quando conseguia possuí-lo, meter-se em seu íntimo, deitar-se em seu abismo, bem no fundo, inundado por uma felicidade viscosa e morna, quando conseguia meter-se dentro de sua própria caixa corporal, com a droga feito um anjo branco e sem rosto que o conduzisse pela mão através dos rios do sangue, como se percorresse um vasto palácio sem aposentos nem ecos. Maldita e desgraçada mãe que o tinha parido. "Tô dizendo que você não vai enxergar picas, vê se não fode, porra!" E apesar disso a mãe ia visitá-lo, a mãe existia, por mais inconcebível que fosse sua mera existência. Durante as visitas na sala da Defensoria — um cômodo estreito, de superfície irregular, com bancos, cheio de gente, presos e familiares, onde era fácil distinguir os advogados e os rábulas (sobretudo estes) pelo aprumo e pelo ar de desnecessária astúcia com que se referiam a determinado documento, num sussurro cheio de afetação, solene e imbecil, com palavras que se insinuavam nos ouvidos dos clientes, enquanto dirigiam rápidos olhares de falsa suspeita na direção da porta (recurso mediante o qual conseguiam produzir no espírito dos réus, a um só golpe, acrescida perplexidade e renovada fé, tudo de uma vez só) —, durante essas entrevistas, a mãe do Caralho, assombrosamente tão feia quanto o filho, com a marca de uma navalhada que lhe ia da sobrancelha à ponta do queixo, permanecia cabisbaixa e obstinada, sem olhar nem para ele nem para nada que não fosse o chão, a atitude carregada de rancor, repreensão e remorso, sabe Deus em que circunstâncias sórdidas e abjetas ela teria ido para a cama, e com quem, para engendrar aquele filho, e talvez a recordação daquele feito distante e tétrico atormentasse-a de novo a cada vez. Fato é que, de tanto em tanto, soltava um suspiro espesso e rouco. "A culpa não é de *ninguéns*, é toda minha, por ter tido você." Na memória de Polonio, a palavra *ninguéns* cravara-se, insólita, singular, como se fosse a suma de um número infinito de significações. *Ninguéns*, esse plural triste. De ninguém era a culpa, nem do destino, da vida, da porra da sorte, de *ninguéns*. Por ter tido você. E então a raiva de estar aqui, preso na mesma cela com o Caralho entre ele e Albino, e o desejo agudo, imperioso, suplicante, de que ele morresse e deixasse enfim de rodar pelo mundo com aquele corpo vil. A mãe desejava a mesma coisa com a mesma força, com a mesma ansiedade, dava para ver. *Morre, porra, morre, porra, morre, porra.* O Caralho suscitava uma misericórdia cheia de repugnância e de cólera. O lance das veias não dava em nada, pura gritaria, muito embora, a cada nova ocasião, todos tivessem esperança, sinceramente, honradamente, que ele rebentasse de uma vez. De caso pensado, ele se encostava à porta da cela — podia ser num ou noutro dos dias em que devia ficar *engaiolado* —, ali junto às dobradiças, para que o arroio de sangue que lhe brotava da veia cruzasse o quanto antes o corredor estreito no piso superior do Pavilhão e dali escorresse para o pátio, onde se formava uma poça sobre a superfície de cimento, e então, calculando o tempo que tudo isso levaria, confiando que já teriam notado a tentativa de suicídio, o Caralho lançava seu uivo de cachorro, seus arquejos de fole rasgado, sem nunca morrer, apenas para causar escândalo e para que o levassem da *gaiola* para a Enfermaria, onde sempre dava um jeito de conseguir a droga e recomeçar tudo mais uma vez, cem vezes, mil vezes, sem chegar ao fim, até a *gaiola* seguinte. Foi numa dessas que Polonio o conheceu, quando o Caralho, no meio de um dos caminhos do jardim da Enfermaria, dançava uma espécie de dança semiortopédica e recitava de modo atropelado e febril uns versículos da Bíblia. Levava ao pescoço, feito gravata, uma corda sebenta, e, por obra dos trejeitos da dança, viam-se através dos fiapos da jaqueta azul o peito, o torso nu, cheio de bárbaras cicatrizes, a pele cheia de distantes e desbotadas tatuagens. O olho bom e aquela flor davam náusea e calafrios. Era uma flor fresca, nova e natural, um gladíolo mutilado ao qual faltavam pétalas, preso aos farrapos da jaqueta com um pedaço de arame enferrujado, e o olhar remelento do olho bom tinha um ar malicioso, calculista, zombeteiro, autocomplacente e terno, sob a pálpebra meio caída, rígida e sem cílios. O Caralho flexionava a perna sadia, com a outra, a aleijada, na posição de sentido, as mãos na cintura e a ponta dos pés para fora, na pose dos guerreiros de certas danças exóticas numa velha revista ilustrada, para em seguida ensaiar uns saltinhos para a frente, perder o equilíbrio e cair no chão, de onde só se levantava à força de grandes trabalhos, de furiosas patadas que o faziam girar em círculo no mesmo lugar, sem que ninguém cogitasse vir ajudá-lo. Então o olho parecia morrer, quieto e artificial como o de um pássaro. Era com esse olho morto que fitava a mãe durante as visitas, longamente, sem pronunciar uma palavra. Ela com certeza queria que ele morresse, talvez por causa desse olho em que ela mesma estava morta, mas mesmo assim lhe conseguia o dinheiro para a droga, os vinte, os cinquenta pesos, e ficava ali, depois de entregá-los — as notas convertidas em uma bolinha parecida a um caramelo suado e pegajoso no oco da mão —, sentada no banco da sala da Defensoria, com a barriga lombriguenta descaindo como um fardo por cima das pernas curtas que não chegavam até o chão, hermética e sobrenatural, por conta da dor de não terminar de parir este filho que se agarrava a suas entranhas, olhando-a com o olho criminoso, sem querer sair do claustro materno, enfurnado na bolsa placentária, na cela, rodeado de grades, de *macacos*, ele também mais um *macaco*, girando em falso e dando patadas, sem poder levantar-se do chão, como um pássaro com uma asa a menos, com um olho só, sem poder sair do ventre da mãe, *engaiolado* dentro da própria mãe. Como o plano ia mais ou menos por aí e como era ele o autor do plano, Polonio tratou de convencê-la, e por fim, sem grandes esforços, ela disse que sim. "A senhora é uma pessoa adulta, de idade, de muito respeito; com a senhora as *macacas* não se metem." A coisa, assim por dentro, era meio maternal. Tratava-se — dizia Polonio — de uns tampões de gaze com um fio de um palmo e pouco, mais ou menos, cuja extremidade ficava para fora, uma pontinha para puxar e tirar depois que tudo estivesse terminado, muito em uso agora pelas mulheres — bastava que Meche e a Chata ensinassem e ajudassem — que não queriam engravidar para depois ter de se livrar do filho por aí de um jeito qualquer, era um dos recursos mais modernos de hoje em dia, Meche ou a Chata podiam confirmar e ajudá-la para que ficasse bem posto. E aí *morria* tudo, aí ficavam detidos os espermatozoides condenados à morte, loucos furiosos diante do tampão, batendo na porta como os guardas da prisão, também eles convertidos em *macacos*, como todo mundo, multidão infinita de *macacos* batendo nas portas fechadas. Polonio riu, e as duas mulheres, Meche e a Chata, também, contentes pela velha, que era rija, que era macha de ter aceitado. Mas calma: é claro que ninguém pensava que a mãe quisesse se utilizar do assunto para coisa distinta daquilo que se propunham levar a cabo, era só uma explicação. A gaze levaria, dentro de um nó bem sólido, uns vinte ou trinta gramas de droga, que as duas mulheres entregariam à mãe do Caralho. "Com a senhora as *macacas* não se atrevem, não é? Porque a senhora é uma pessoa de idade e de respeito, mas com a gente, na hora da revista, elas sempre metem o dedo na gente, aquelas infelizes." A recordação e a ideia e a imagem cegavam de ciúmes a mente de Polonio, mas de um jeito estranho, total, como se ele não estivesse mais no espaço, não encontrasse mais os próprios limites, ambíguo, despojado, com uns ciúmes na garganta e na boca do estômago, com uma sensação coceguenta, frouxa e atroz, involuntária, logo atrás do pênis, como de uma ejaculação prévia, não de verdade, uma espécie de contato sem sêmen, que esvoaçava, vibrava em diminutos círculos microscópicos, tangíveis, mais além do corpo, fora de todo organismo, e então a Chata aparecia diante de seus olhos, jucunda, bestial, com as coxas cujas linhas, em vez de se juntar para incidir na cunha do sexo quando ela aproximava as pernas, deixavam ainda, pelo contrário, um buraquinho vazado entre as duas paredes de pele sólida, tensa, jovem, estremecedora. Tudo visto através do vestido, à contraluz — e aqui sobrevinha uma nostalgia concreta de quando Polonio andava livre: os quartos de hotel cheirando a desinfetante, os lençóis limpos, mas não muito brancos, dos hotéis de segunda, a Chata e ele de um lado a outro do país e também fora, San Antonio, no Texas, Guatemala e aquela outra vez em Tampico, ao cair da tarde sobre o rio Pánuco, a Chata encostada no parapeito, de costas, o corpo nu sob uma bata ligeira e as pernas levemente entreabertas, o monte de Vênus parecendo um capitel de penugem sobre as duas colunas das coxas, não havia meio de resistir àquilo, e Polonio, com a mesma sensação de estar possuído por um transe religioso, ajoelhava-se, estremecido, para beijá-lo e afundar seus lábios entre aqueles lábios. "Metem o dedo na gente." Ma-*ca*-cas*fi*-lhas de u-ma pu-*tís*-si-ma, sapatonas sem vergonha. A mãe do Caralho levaria ali dentro o pacotinho de droga — muito embora tivessem sido frustrados inesperadamente por culpa dessa história de *gaiola*, os planos continuavam os mesmos no que dizia respeito ao papel que a mãe desempenharia —, o pacotinho para alimentar o vício do filho, como antes, no ventre, também ali dentro, ela o tinha nutrido de vida, do horrível vício de viver, de se arrastar, de se esfacelar como o Caralho se esfacelava, gozando até as raias do indizível cada pedaço de vida que lhe tocava. Agora mesmo ele enlaçava com o braço o pescoço de Polonio, suplicando-lhe que o deixasse olhar pelo postigo, e de um lado da nuca, um pouco para trás e para baixo da orelha, Polonio sentia na pele o beijo úmido da chaga purulenta em que se convertera uma das feridas não cicatrizadas do Caralho, os lábios de um beijo de ostra molhando-o com alguma coisa semelhante a um fiozinho de saliva que lhe corria até as costas, tudo por culpa do descuido, do descaso mais infeliz e do abandono sem esperança a que o Caralho se entregava. Polonio deu-lhe um murro no estômago, com a mão esquerda, um murro troncho por causa da incômoda posição em que estava, com a cabeça metida no postigo, e mais um pontapé, esse sim muito melhor, que fez o Caralho rodar até dar com a parede de ferro da cela, com um grito surdo e surpreso. "Porra, cuzão", ele se queixou sem cólera e sem agravo, "eu só quero ver a hora que a mamãe chegar." Falava feito criança, "mamãe", quando devia dizer "a puta que me pariu". A verdade era essa. O fato é que foi preciso improvisar novos planos, e a encarregada de levá-los a cabo era a Meche, mulher de Albino. Não viriam visitá-los, dariam o nome de outros presos, pois agora não tinham direito a visita, já que estavam *engaiolados*. Quem mais se desesperava no castigo da *gaiola* era Albino, talvez por ser o mais forte, quase chorava com a falta que a droga fazia, mas sem chegar a cortar as veias, se bem que todos os viciados acabassem fazendo isso quando a angústia se tornava insuportável. Tinha sido soldado, marinheiro e cafetão, mas com Meche não, ela não se deixava levar, era mulher honrada—safada, claro, mas, quando ia para a cama com outros homens, não fazia isso por dinheiro, só por gosto, sem que Albino soubesse, claro. Foi assim que tinha dormido várias vezes com Polonio. Tinha fogo, tinha fogo no rabo, mas era honrada, e cada um com seu cada qual. Nos primeiros dias da *gaiola*, Albino divertiu e distraiu todo mundo com sua dança do ventre—todo mundo, quer dizer, só Polonio, porque o Caralho continuava hostil, sem entusiasmo e sem entender porra nenhuma—, uma dança formidável, emocionante, de grande prestígio na Penitenciária, capaz de produzir tão viva excitação que alguns, com uma dissimulação desnecessária, que logo delatava suas intenções, patentes no tosco e apressado pudor que pretendia encobri-las, chegavam até a se masturbar com violento e notório afã, a mão por baixo das roupas. Era um verdadeiro privilégio para Polonio poder contemplá-la ali, à vontade, na cela, pois em outros lugares Albino era sempre de um enorme zelo quanto à composição de seu público, como artista que se dá ao respeito, e descartava os espectadores que lhe pareciam inconvenientes, frívolos, pouco sérios, incapazes de apreciar as virtudes de um autêntico virtuose. Tinha tatuada no baixo ventre uma figura hindu — que lhe desenhara, no bordel de um porto indostânico, o eunuco da casa, membro de uma seita esotérica de nome impronunciável, enquanto Albino, segundo contava, dormia um profundo e letal sono de ópio, mais além de toda lembrança — que representava um gracioso casal, rapaz e moça no ato de fazer amor, seus corpos rodeados, entrelaçados por uma incrível ramagem de coxas, pernas, braços, seios e órgãos maravilhosos — a árvore bramânica do Bem e do Mal —, dispostos de tal modo e com tanta sabedoria cinética que bastava lhes dar impulso com as devidas contrações e espasmos dos músculos, com rítmica oscilação, em espaçado incremento, da epiderme, e ainda com um sutil, inapreensível vaivém das cadeiras, para que aqueles membros dispersos e de caprichosa aparência, torsos e axilas e pés e púbis e mãos e asas e ventres e penugens, adquirissem uma unidade mágica em que se repetia o milagre da Criação, e então a cópula humana se dava por inteiro, em todo o seu magnífico e portentoso esplendor. No cubículo que servia para a revista das visitas, as mãos da guarda de plantão apalpavam-na por cima do vestido — depois viria o resto, o dedo de Deus —, mas Meche não conseguia tirar da cabeça, justamente, a dança de Albino, uma semana antes, na sala da Defensoria, logo depois de acabarem de tramar os detalhes do primeiro plano, do plano que tinha fracassado por causa da *gaiola*, quando a mãe do Caralho contemplara as contorções da tatuagem com cara de quem não estava entendendo nada, mas com um difuso sorriso nos lábios, era bem capaz que ainda fizesse amor, a mula velha, apesar dos setenta e tantos anos. Num canto da sala, a salvo dos outros olhares graças ao muro das cinco pessoas — as três mulheres, o Caralho e Polonio —, Albino abrira a braguilha das calças, levantara a camiseta feito uma cortina de teatro que subisse para revelar o palco e agora animava, com os fascinantes tremores de seu ventre, aquele coito que emergia das linhas azuis e ia tomando forma passo a passo, em cada ruptura ou reencontro ou reestruturação de suas distâncias e contrastes, enquanto todos — menos o Caralho e a mãe, que evidentemente lutavam para ocultar suas reações — sentiam o corpo percorrido por uma sufocante massa de desejo, e um risinho breve e equívoco dançava logo atrás do palato das duas, Meche e Chata. Já despida de sua roupa de baixo, Meche pressentia os próximos movimentos da mão da vigilante e agitava-se, coisa que não acontecera antes, com umas estranhas e indiscerníveis disposições de ânimo, uma imprecisa apreensão, nas quais se fazia sentir a própria presença de Albino (com a lembrança inédita de curiosos detalhes da primeira vez em que se tinham possuído, nos quais nunca pensou que tivesse reparado e que agora apareciam em sua memória como absolutas novidades, quase por inteiro pertencentes a outra pessoa), umas disposições que não a deixavam assumir a orgulhosa indiferença e o desenfado agressivo com que deveria suportar, paciente, colérica e fria, o manuseio da fulana entre suas pernas. Por exemplo, a respiração agitada e contudo reprimida, contida, ou, melhor dizendo, aquele resfolegar intermediário, nem muito suave nem muito violento — apenas pelo nariz, ela agora se dava conta — de Albino sobre seu monte de Vênus, justo ali onde estavam, inexoráveis, diligentes, o polegar e o indicador da vigilante que lhe entreabria os lábios e, de repente, com o dedo médio, começava uma estranha exploração interior, amável e delicada, num pausado ir e vir, os olhos completamente quietos, quietos até a morte. O plano consistia em entrar no Pavilhão junto com a visita geral, dispersas, confundidas aos familiares dos demais presos, para então se plantarem, as mulheres, de surpresa, diante da cela, diante da *gaiola*, dispostas a tudo enquanto não suspendessem o castigo de seus homens, imóveis e fixadas ali por toda a eternidade, como fiéis cadelas raivosas. A vigilante, pois, e seus manuseios eram a fonte da dupla, da tripla, da quádrupla lembrança que a assediava e que se imiscuía, sem que Meche pudesse conter, remediar, reprimir uma atitude de aquiescência estúpida, mas completamente inevitável, a tal ponto que a *macaca* já se ia tomando de um tremor ansioso e uma respiração descompassada — quase feroz e apenas pelo nariz, feito Albino —, com o que o próprio ventre de Meche parecia se transformar — ou se transformava em virtude de uma sediciosa transposição — no ventre dele, de Albino (ela então se dispondo, meu Deus, a fazer as vezes de macho em relação à vigilante), tão logo se infiltrava para dentro dessas sensações a imagem dele, de Albino, durante aquelas cenas da primeira vez em que, montando nela à altura dos olhos, infundira aquela vida eriçada e prodigiosa às figuras da tatuagem bramânica, e agora Meche imaginava ser ela mesma que fazia dançar seu ventre — idênticas, mas secretas, invisíveis oscilações — como instrumento de sedução dirigido à *macaca* e a seus olhos próximos, na medida em que esta, a vigilante, não só não oferecia resistência como ainda, sem saber, dispunha-se — impulsionada pelo sopro misterioso que fazia transcorrer assim (subtraindo-as ao acaso e ao fato fortuito de não se conhecerem) as relações internas que prontamente se estabeleciam entre ela, Albino, Meche —, dispunha-se pouco menos que metaforicamente — pois lhe bastaria uma palavra para fazê-lo de verdade — na própria posição de Meche sob o corpo de Albino, absolutamente envenenada pelo amor dos adolescentes indostânicos. Meche não tinha como formular de modo coerente e lógico, nem com palavras nem com pensamentos, o que estava acontecendo, a natureza desse acontecimento cada vez mais estranho e a linguagem nova, secreta, de peculiaridades únicas, exclusivas, de que se serviam as coisas a fim de se expressar, muito embora não se tratasse ali das coisas em geral ou em conjunto, e sim de cada uma delas, à parte, cada coisa singular, específica, com suas palavras, sua emoção e a rede subterrânea de comunicações e significações que, à margem do tempo e do espaço, ligava-as umas às outras, por mais distantes que estivessem entre si, e as convertia em símbolos e chaves impossíveis de serem compreendidas por quem não pertencesse, e do modo mais concreto, a essa conjuração biográfica em que as próprias coisas se convertiam em seu próprio e hermético disfarce. Arqueologia das paixões, dos sentimentos e do pecado, em que as armas, as ferramentas, os órgãos abstratos do desejo — a tendência de cada fato imperfeito a buscar sua consanguinidade e sua realização, por mais incestuoso que pareça, em seu próprio gêmeo — aproximam-se de seu objeto por meio de uma longa, insistente e incansável aventura de superposições, que são, a cada nova vez, a imagem mais semelhante a isso cuja forma é um anseio que nunca chega a se consumar, e que restam como subjacências sem nome de uma proximidade sempre incompleta, feita de inquietos e incitantes signos que aguardam, febris, o instante em que possam ir ao encontro dessa outra parte de sua intenção, entrar em contato com essa presença que, só ela, poderá decifrá-los. É assim que um rosto, um olhar, uma atitude, que constituem o traçado próprio do objeto, depuram-se, complementam-se numa outra pessoa, num outro amor, em outras situações, como horizontes arqueológicos em que os dados de cada ordem, um friso, uma gárgula, uma abside, um friso não são outra coisa senão a parte móvel de certa desesperançada eternidade, com a qual se condensa o tempo e na qual as mãos, os pés, os joelhos, a forma de olhar, ou ainda um beijo, uma pedra, uma paisagem, ao se repetirem, são percebidos por outros sentidos que já não são os mesmos de outrora, por mais que o passado mal diga respeito ao minuto anterior. Quando Meche ia transpondo a primeira grade rumo ao pátio que comunicava com os diferentes pavilhões, dispostos radialmente ao redor de um perímetro circular em que se erguia a torre de guarda — um elevado polígono de ferro, construído para dominar do alto cada ângulo da prisão—, seguiam fixados em sua mente, quietos, imperturbáveis e atrozes, os olhos da vigilante, negros e de uma eloquência mortal, como que prontos a fitá-la para sempre. Polonio já não aguentava mais com a cabeça incrustada no postigo e decidiu ceder o posto de vigia para que Albino o ocupasse, mas ao espiar de soslaio e com muito esforço para o interior da cela, entreviu uma espécie de movimento estranho, ao mesmo tempo que notava que o Caralho tinha parado de gemer desde que levara o murro no estômago. Com muito cuidado e lentidão, atento, precavido, dobrou a orelha que ficava para fora da moldura do postigo e foi recuando a cabeça, ao mesmo tempo que se perguntava se, nesse meio tempo, Albino já não teria terminado de estrangular o aleijado. Na verdade — pensou —, não lhe faltavam razões para tanto, mas que esperasse um pouco, depois eles o matariam, a dois, em circunstâncias mais propícias e quando a droga já estivesse segura em suas mãos, não antes nem aqui, dentro da cela, pois o plano podia cair por terra e, quisessem ou não, a mãe do Caralho era a chave de tudo. Era só questão de pensar bem onde e quando matá-lo, depois (ou *depoiszinho*, dizia Albino), mas cada coisa na sua hora. O Caralho tinha desatado a gemer sem parar desde que Polonio lhe assestara o murro e o pontapé, de um jeito irritante, repetitivo, monótono, artificial, com o qual expressava sem nenhum rebuço, nos mínimos detalhes, a monstruosa condição de sua alma perversa, ruim, infame, abjeta. Os golpes não tinham sido assim para tanto, seu corpo miserável estava acostumado a mais e maiores e mais brutais, de modo que aquela impostura de dor, assumida apenas para apiedar e para se rebaixar, obtinha resultados opostos, uma espécie de asco e de ódio crescentes, uma cólera cega que desencadeava, nas profundezas do coração, os mais vivos desejos de que seus sofrimentos fossem a extremos inacreditáveis e lhe infligissem alguma dor mais real, mais autêntica, capaz de fazê-lo em pedaços — e aqui sobrevinha uma lembrança da infância —, feito uma tarântula maligna, com a mesma sensação que invade os sentidos quando a aranha, sob efeito de um ácido, encrespa-se, encolhe-se em si mesma — enquanto produz, por outro lado, um ruído furioso e impotente —, enreda-se em suas próprias patas, enlouquecida, e contudo não morre, não morre, e quem olha tem vontade de esmagá-la, mas tampouco tem forças para tanto, não se atreve, sente-se tão incapaz que quase larga a chorar. Gemia num tom rouco, frouxo, gargarejante, com o qual simulava, volta e meia, um estertor lastimoso e desavergonhado, enquanto, no olho sujo e marejado, conseguia sustentar, quieto, comovedor, transido de piedade, um implorante olhar de profunda autocompaixão, hipócrita, falsa, repleta de malévolas reentrâncias. Se Polonio e Albino tinham selado uma aliança com o Caralho, era só porque a mãe dele estava disposta a servi-los, mas, liquidado o negócio, o aleijado que fosse às favas, que fosse à puta que o pariu, matá-lo seria a única saída, a única forma de voltarem a se sentir tranquilos e em paz. "Largue dele!", ordenou Polonio, dando um vigoroso empurrão em Albino, com todo o peso do corpo. Livre das garras, o Caralho ficou feito um saco inerte no canto onde estava. Por pouco Albino não o estrangulara, e ele já não se atrevia a gemer nem a expressar o menor protesto. Com uma das mãos, que ascendeu desajeitada e trêmula pelo peito, acariciava a própria garganta e mexia com o pomo de Adão entre os dedos, como se quisesse reacomodá-lo em seu lugar. O olho brilhava agora com um horror silencioso, cheio de uma estupefação que, de repente, já não lhe permitia entender nada no mundo. Assim que levassem o plano a cabo e a situação tomasse outro rumo, o Caralho queria contar tudo para a mãe, falar das aflições espantosas que padecia, de como já não queria saber de nadica de nada, de *nada mais* que não fosse o pequeno e efêmero gozo, a tranquilidade que lhe dava a droga, de como tinha que travar um combate sem escapatória, minuto a minuto e segundo a segundo, para obter esse descanso, de como aquela era a última coisa que ele amava nesta vida, essa evasão dos tormentos sem nome a que estava submetido, e de como, literalmente, tinha que pagar com a dor de seu corpo, com pedaço após pedaço de sua pele, por um lapso indefinido e sem contornos dessa liberdade em que ele naufragava, a cada novo suplício, mais feliz. Introduzir — ou tirar — a cabeça desse retângulo de ferro, dessa guilhotina, transportar-se, transportar o crânio com todas as suas partes, a nuca, a testa, o nariz, as orelhas, para o mundo exterior à cela, pôr o crânio ali como se fosse a cabeça de um justiçado, irreal à força de ser viva, requeria um empenho cuidadoso, minucioso, do mesmo modo como se extrai um feto das entranhas maternas, um tenaz e deliberado autoparir-se com fórceps que terminava arrancando mechas de cabelo e arranhando a pele. Ajudado por Polonio, Albino terminou de pousar a cabeça virada em cima da prancha. Lá embaixo estavam os *macacos*, no *caixote*, com sua antiga presença inexplicável de *macacos* prisioneiros. Tão logo descansou as costas contra a porta, junto ao corpo guilhotinado de Albino, Polonio acendeu um cigarro e aspirou longa e profundamente a plenos pulmões. O sol batia no meio da cela num corte oblíquo e quadrangular — uma coluna maciça, corpórea, em cuja radiante massa moviam-se e entrechocavam-se, com sonâmbula inconstância, erráticas, distraídas, confusas, as partículas de poeira — e traçava sobre o piso, a curta distância de Polonio, a moldura de luz da janela com suas grades verticais. Do outro lado da pilastra solar, a figura do Caralho, rancorosa e muda, se dissolvia na sombra. Os impetuosos vultos da baforada de fumaça que soltou Polonio invadiram a zona de luz com a desordem arrebatadora das garupas, os beiços, as patas, as nuvens, os arreios e o tumulto de sua cavalgada, erguendo-se e revolvendo-se na luta corpo a corpo de seus próprios volumes cambiantes e pausados, para em seguida, pouco a pouco, à mercê do ar imóvel, integrar-se com leve e sutil cadência a uma quietude horizontal, à semelhança do desfile vitorioso de diversas formações militares depois de uma batalha. Aqui, o movimento transferia suas formas à ondulada escrita de outros ritmos, e as lentíssimas espirais mantinham-se longamente em sua instantânea condição de ídolos ébrios e estátuas pilhadas em flagrante. A voz de Albino chegou-lhe do outro lado da porta de ferro, mansa, confidencial, com ternura. "Está começando a entrar a visita." A visita. A droga. Os corpos de fumaça desfaziam seus contornos, se abraçavam, construíam relevos e estruturas e estelas, sujeitos a sua própria ordem — a mesma que rege o sistema celeste —, já puramente divinos, livres do humano, parte de uma natureza nova e recém-inventada, da qual o sol era o demiurgo e onde as nebulosas, mal tocadas por um sopro de geometria, anteriores à Criação, ocupavam a liberdade de um espaço que se formara a sua própria imagem e semelhança, como um imenso desejo interminável que nunca deixa de se realizar e que, à maneira de Deus, jamais se deixa cingir em seus limites por seja lá o que queira contê-lo. Mas ali estava o Caralho, anti-Deus malparado, carcomido, que começou a se sacudir ao sabor das bruscas convulsões de uma tosse frenética, galopante, batendo com o corpo contra o canto de parede em que se apoiava, de um jeito estranho, intermitente e autônomo, com o ruído surdo e fugidio de um bongô de couro frouxo. Mais parecia um possuído, com o olho de um abutre colérico, tomado pela asfixia. As linhas, as espirais, os caracóis, as estátuas e os deuses fugiram em desvario, dispersos e fendidos pelas trepidações da tosse. O Caralho não tinha um dos pulmões, e Albino devia ter apoiado o joelho contra seu peito com força demais quando, momentos antes, tratava de estrangulá-lo. O aleijado era um estorvo dos grandes. Com muito esforço, Albino passou a mão pelo postigo, rente ao rosto e por cima do nariz, a fim de estar pronto para receber a droga no momento em que as mulheres se aproximassem da porta da cela. De repente, uma espantosa raiva cegou-lhe a vista: uma pequena crosta úmida, ainda não endurecida, do pus, do pus da ferida aberta do Caralho que se colara a sua mão durante a peleja e que Albino por pouco não espalhava pelos próprios lábios. Fechou os olhos enquanto tremia com um tilintar da cabeça sobre a prancha de ferro, os dentes apertados com uma violência bestial. Estava decidido a matá-lo, decidido com todas as forças da alma. Abriu as pálpebras para olhar de novo. Não tardaria a começar o desfile dos familiares, pois as duas portas do *caixote* (uma em cada lado das grades) já estavam sem cadeado, para permitir a passagem. *Elas* não chegariam juntas, mas separadas, misturadas às visitas. Albino conjeturava sobre qual seria a primeira a aparecer, se a Chata, a mãe ou Mercedes, Meche, com seu belo corpo, com seus ombros, com suas pernas, alada, incitante. (Mas a evocação de Meche, naquelas circunstâncias, como que se distorcia sob o influxo de novos fatores, imprecisos e repletos de contradições, que acrescentavam à recordação uma atmosfera diversa, um toque original e estranho: Meche teria acabado de passar por uma experiência cujos detalhes Albino ignorava, mas que, desde que ouvira falar a respeito, uma semana antes — quando planejavam a forma de fazer entrar a droga na Penitenciária e quando Polonio pensara em usar a mãe do Caralho —, permanecia fixada em sua mente, de uma forma ou de outra, mas sempre aludindo a imagens físicas concretas. Em primeiro lugar, a guarda de plantão, e em seguida o estranho e inquietante conteúdo de duas palavras escutadas sabe-se lá onde e como — entre enfermeiras ou médicos, enquanto esperava para ser atendido para tratar de alguma coisa, em algum lugar, como em um sonho, se é que não era mesmo um sonho —, palavras que, mercê de seu caráter de perífrase técnica, condensavam uma série de situações e movimentos muito vastos e sugestivos: *posição ginecológica*. A guarda de plantão e sua maneira de revistar certo número de visitantes, não todas, mas especialmente as que vinham ver os viciados e, dentre estes, os que se destacavam como os agentes mais ativos do tráfico na Preventiva: Albino e Polonio. Ela as revistaria na tal *posição ginecológica?* A situação e as duas palavras absurdas faziam de Meche alguma coisa de ligeiramente diferente da Meche habitual: violentada e prostituída, sem que a coisa constituísse um elemento de repulsa, mas, pelo contrário, de aproximação, como se aquilo lhe acrescentasse um atrativo de natureza indefinida, que Albino não se sentia capaz de formular. Pouco lhe importava que Meche pudesse ter passado por uma situação equívoca — e é claro que a interrogaria em todo detalhe —, no caso de uma exploração mais ou menos excessiva por parte da guarda, durante a revista: a coisa toda excitava Albino com um desejo renovado, de aparência desconhecida, e um relato minucioso e verídico de Meche faria com que ele antecipasse, na sequência, uma nova forma de enlace entre os dois, mais intensa e completa, à qual não faltaria, sem dúvida, algum toque de alegre e desenvolta depravação, na qual aqueles dois termos médicos certamente desempenhariam um papel.) Muito embora o *caixote* fizesse parte do Pavilhão, separado deste unicamente pelas grades que serviam de limite entre um e outro, a presença dos vigias, encerrados ali dentro, dava-lhe o aspecto de um cárcere à parte, um cárcere para carcereiros, um cárcere dentro do cárcere, por onde a visita teria forçosamente de passar antes de entrar no pátio do Pavilhão propriamente dito. Era esse o campo visual que Albino dominava a partir do postigo, uma verdadeira tortura. Mais alto que a janelinha — que ficava à altura do peito de um sujeito médio —, Albino tinha que se manter encurvado, em posição muito forçada, para manter a cabeça metida ali, o que lhe causara, ao cabo de alguns minutos, uma dor muscular aguda no pescoço e nas costas, sem falar nas pernas, que tremiam de modo ridículo e mortificante, dando a impressão de que estava com medo. Tão logo uma das mulheres — Meche, a Chata ou a mãe — transpusesse a primeira e a segunda grade do *caixote*, seria a hora de fazer alguma coisa — um barulho, uns chutes na porta — para que reparassem no ponto preciso em que se achava a *gaiola* do castigo. É claro que o mais correto, pensou, seria soltar um insulto, mandar à merda a mãe dos *macacos*, que para isso estavam ali. O importante era vê-las chegar, vê-las entrar no *caixote* e depois no pátio, para que pudessem estar seguros de que tudo correra bem na revista com as *macacas*. Não havia problema quanto a Meche e à Chata: seriam apalpadas e pronto, não encontrariam nada dentro. O que importava era a mãe, era que a velha da porra passasse com os trinta gramas metidos nas partes. À falta de outra palavra, chamavam de *greve* ao que estava para acontecer: uma greve de mulheres. Mas antes que Meche, a Chata e a mãe subissem até ali, até a porta da cela, para desatar a gritar e berrar e espernear, antes que a bronca começasse para valer, a mãe tinha de entregar o pacotinho de droga a quem estivesse com a cabeça no postigo. No caso, Albino, o São João Batista de turno em cima da bandeja. Depois, já *encorpado* pela droga, cuidaria da morte do Caralho. Era fácil liquidar o assunto, durante alguma sessão no cinema, em meio às sombras. Meter-lhe um ferro entre as costelas, enquanto Polonio lhe tapava a boca, pois o Caralho ia querer gritar feito um bezerro. Não tinham se associado a ele exatamente por conta da boniteza. Albino riu consigo: só por conta da mãe. Ter mãe era tudo que o cabra tinha, e parava nisso. As visitas formavam fila no acesso circular, a pouca distância — mas ainda fora do campo visual de Albino —, para entrar por turnos nos respectivos pavilhões. Mães, esposas, filhas, crianças, pouquíssimos homens feitos, dois ou três em cada grupo, o ar receoso, a vista baixa. As conversas, curiosamente, nunca giravam em torno das causas que haviam levado os parentes à prisão. Ninguém punha em questão a culpa ou a inocência do filho, do marido, do irmão: estavam ali, e só. Não acontecia a mesma coisa com outro tipo de visita. Quando alguma senhora de classe alta chegava pelas primeiras vezes àquele lugar, sua preocupação única, obsessiva, manifesta — que terminava por carecer de toda lógica e excluir a mais simples ilação —, era a de estabelecer um limite social preciso entre o seu preso — as causas que o mantinham detido, o caráter passageiro e puramente incidental de seu trânsito pela prisão — e os presos dos demais. O seu era "acusado de", sem ter cometido nenhum delito — por mais que as aparências fossem, afinal, suspeitas —, as altas esferas já estavam a par, e dois ou três ministros já cuidavam do assunto. Seus ouvintes assentiam invariavelmente, sem discussão nem surpresa, com indulgência e incredulidade, sem que a grã-fina reparasse nessa piedosa cortesia, que julgava ser deslumbramento — ainda mais quando se leva em conta certo luxo reforçado com que se vestia. Mas à medida que sua presença se fazia mais constante na fila das visitas, a senhora de estirpe ia pouco a pouco alterando a atitude e fazendo concessões à realidade. Cada vez falava menos de personagens influentes, a inocência ou a culpa do "seu" preso decaía notavelmente como assunto de conversa e os vestidos eram mais simples, até que por fim se integrava à categoria das visitantes normais e passava despercebida. A Chata distinguiu a figura de Meche, atrás, entre outras mulheres em fila. Suspirou. Tinha inveja dela, inveja das boas. Gostava do homem dela, Albino, e desde que ele mostrara a dança do ventre na Defensoria, a Chata ficava tonta só de pensar. Pediria a Meche que, sem perder a amizade, deixasse-a ir para a cama com Albino. Uma ou duas vezes, no máximo, para a coisa não *pegar*, quer dizer, para não *gamar* nele. Um pouco mais longe de Meche, a mãe do Caralho se aproximava, trôpega, desconfiada. Tinha deixado que Meche e a Chata introduzissem o tampão anticoncepcional como se não fosse nada, com a indiferença de uma vaca na ordenha. Aqui, as tetas; ali, a vagina. Como tinham calculado, não houve revista nela, respeitaram-na em nome da idade, a vaca ordenhada passou tão insuspeita como uma virgem. Mas agora tinham chegado à jaula dos *macacos*, ao *caixote*. O Caralho porfiava para que o deixassem mostrar a cabeça pelo postigo, porque, dizia ele, a mãe não entregaria a droga a ninguém senão a ele. Mas porfiava sem força, sem esperança. A cabeça de Albino respondia, do lado de fora da cela, com ira. Por fim apareceram, lá embaixo, Meche e a Chata. "*Macacos* de merda, filhos da puta que os pariu!" Os olhos das duas mulheres voltaram-se para a voz: era o homem delas. Mas faltava a mula velha da mãe, a infeliz tardava. A cabeça na guilhotina negou-se, cortante, a ceder o posto de vigia. A mamãe não era tão besta que fosse entregar a droga para um outro, teimava o Caralho. Mentira deslavada. Queria era ver a mãe agora mesmo, aqui mesmo, desesperado por ela. Contaria tudo, sem ficar calado como das outras vezes. Tudo. As imensas noites de vigília na enfermaria, submetido à camisa de força, os banhos de água gelada, a história das veias: é claro que não queria morrer, ao mesmo tempo que sim, afinal de contas queria morrer; a forma de se abandonar, de abandonar seu corpo feito um farrapo, à deriva, a infinita impiedade dos seres humanos, a infinita impiedade dele mesmo, as maldições de que estava feita sua alma. Tudo. Teimava. "Estou falando para não me encher o saco!" Nessa altura, a mãe do Caralho cruzou as duas grades do *caixote* e entrou no pátio do Pavilhão. Estavam salvos. Orientadas pelo grito de Albino, as mulheres encaminharam-se para a cela dos *engaiolados*, numa espécie de translação mágica, invisível e premente, unidas aos movimentos, ao ir e vir e tatear das demais pessoas, de modo tão natural, seguro e desenvolto que não pareciam nem distintas, nem especiais nem movidas por um propósito certo e determinado, com o que de repente já estavam ali, e Meche se lançava sobre a cabeça de Albino e a cobria de beijos por todos os lados, nas orelhas, nos olhos, no nariz, num canto dos lábios, sem que a cabeça de Holofernes encontrasse jeito de se mexer, mal respirando, como um corpo de peixe monstruoso, dotado de cabeça humana, que o mar tivesse atirado ali. "Filho! Cadê o meu filho?", exclamava a mãe do Caralho com uma voz cavernosa e atônita, como se esperasse dar de cara com o filho desde o primeiro momento, e agora, ao não ser assim, mostrava-se perdida e confusa, com uma expressão cheia de medo e desconfiança diante das duas outras mulheres. "Cadê, cadê?", repetia sem tirar os olhos da cabeça e da mão expostas sobre a pranchinha do postigo e cambaleando desajeitada, como se estivesse bêbada. A visão da cabeça separada do tronco, guilhotinada e viva, com seu único olho que orbitava, desesperado, idêntico aos olhos dos bezerros quando são derrubados por terra e sabem que vão morrer, desatou desde o começo em Meche e na Chata um furor enlouquecido, mas de alguma forma também jovial e, a despeito do destrambelho da situação, alegre. Pareciam até mais jovens do que eram — pois não teriam sequer chegado aos vinte e cinco —, moças de menos de vinte anos, esportivas, elásticas, ágeis e garbosas, ao mesmo tempo que bestiais. Tinham montado no parapeito do corredor, com as pernas cruzadas, enlaçando os pés às traves verticais, e nessa posição, as saias levantadas e as coxas à mostra, lançavam os gritos e uivos mais inverossímeis, agitando as mãos no ar, sem descanso, ora crispadas, ora cerradas, os braços, parecidos a robustas e torneadas raízes de aço, sacudidos por curtas e violentas descargas elétricas, enquanto os olhos, abertos muito além do imaginável, rubros e descompostos, largavam centelhas de uma raiva sem limites. "Solta, porra, solta, porra", o grito dividido em duas coléricas emissões, *sólta-pórra, sólta-pórra*. A mãe permanecia imóvel no meio das duas mulheres, aferrada com as duas mãos ao corrimão como à amurada de um navio, virada para o pátio e olhando de esguelha, uma e outra vez, para o postigo, à espera de ver ali a cabeça do filho, e não a desse outro homem ao qual não a unia nenhum afeto ou ternura. A cabeça, às costas da velha, reclamava, agoniada, nervosa, com assomos de histeria: "Passa o bagulho, velha!", primeiro conciliadora, depois agressiva, sufocada pela entonação cautelosa. "Passa a farinha, velha da porra! Passa o bagulho, velha filha da puta!" Era bem possível que a velha não estivesse ouvindo nada. Mais parecia um vulto de pedra, mal e mal esculpido por um formão de sílex do Neolítico, vasta, pesada, espantosa e solene. Seu silêncio tinha alguma coisa de zoológico e rupestre, como se a ausência do órgão adequado a impedisse de emitir todo e qualquer som, falar ou gritar, uma besta muda de nascimento. Apenas chorava, e mesmo suas lágrimas suscitavam o horror de ver pela primeira vez um animal absolutamente desconhecido e diante do qual fosse impossível sentir misericórdia ou amor, como acontecia com seu filho. As lágrimas grossas e lentas que deslizavam pela face correspondente à velha navalhada da sobrancelha ao queixo seguiam não uma linha vertical, mas o percurso da cicatriz, e gotejavam da ponta da barbicha, alheias aos olhos, alheias a todo pranto humano. No pátio do Pavilhão, os internos e seus familiares, dando-se ares de discreta distração e como que necessitados de alguma coisa que não fosse sua e à qual não pudessem resistir, agrupavam-se pouco a pouco abaixo das mulheres trepadas no corrimão. Ninguém ousava lançar um grito ou alçar a voz, mas daquela massa toda provinha um sussurro surdo, mascado, um zumbido unânime de solidariedade e de contentamento, pelo qual os *macacos* não poderiam culpar ninguém. Durante a visita dos familiares, o pátio do Pavilhão se transformava num extravagante acampamento, com as mantas estendidas no chão ou presas às paredes entre as portas das celas, à guisa de teto, onde cada clã se reunia, ombro a ombro, mulheres, crianças, internos, numa espécie de agregação primitiva e desamparada de náufragos estranhos uns aos outros ou de gente que nunca tivera lar e agora ensaiava, por puro instinto, uma espécie de convivência contrafeita e desnuda. Abaixo das duas mulheres, a maré crescia em pequenas ondas sucessivas, vagarosas, que se aproximavam como a passeio, os homens sem desviar o olhar aberto e cínico das calcinhas pretas de Meche e da Chata, expectantes, zombeteiros, temerosos. "Aparece, Caralho, aparece, porra!" Ele não entendia. "Anda, anda, mostra a cara!" A cabeça de Albino sumiu-se trabalhosamente para dentro da cela, e a mãe pôde ver, quase imediatamente, como diante de um espelho, como se parisse de novo o filho, primeiro a cabeleira úmida e desgrenhada, e então, osso por osso, a testa, os pômulos, o maxilar, carne de sua carne e sangue de seu sangue, uma e outro macilentos, amargos e vencidos. Pousou a mão trêmula e tosca sobre a testa do filho, como se quisesse proteger o olho cego dos raios vivos do sol. "O pacotinho, mãezinha do meu coração, o pacotinho que a senhora trouxe", pedia o homem num tom lamurioso e desolado. Aterrorizada, aturdida, sonâmbula de sofrimento, com aquela mão que pousava, sem consciência nenhuma, sobre a testa do filho, a velha de repente adquiria alguma coisa do aspecto alucinante e comovedor de uma Mater Dolorosa bárbara, ainda por desbastar, feita de barro e pedra e adobe, um ídolo velho e gasto. Mais abaixo, no meio do repicar de tambores em surdina, ouvia-se cada vez mais, com maior frequência, distinta e isolada, uma voz ou outra que fazia coro ao grito das mulheres. *Sólta-êles, sólta-êles.* Proveniente do Comando, uma patrulha de dez guardas transpôs o *caixote*. A multidão, sem mostrar o rosto, abriu passagem para aquela marcha disparatada e temerosa de *macacos* postos em liberdade, penando para aprender a correr, atentos sobretudo a não se afastar do grupo, da tribo, para não ficarem sozinhos no meio daquela gente procelosa, impessoal, impune, que fingia não os ver passar nem, rancorosamente, conceder-lhes existência física, aquela gente que olhava através deles como se fossem feitos de corpos transparentes. A luta contra Meche, a Chata e a velha parecia não terminar nunca, com um aspecto de ação incruenta, sem dor, muito distante. Já seminuas, as roupas em farrapos, encontravam sempre um ponto, uma saliência, uma trave, uma fenda em que pudessem se engatar, enquanto três ou quatro *macacos* faziam grotescos esforços para arrastar cada uma delas rumo à escada. Da voz rouca da multidão, lá embaixo, brotava toda espécie de exclamações, gritos, injúrias, gargalhadas, ora de protesto e compaixão, ora de um gozo selvagem que exigia ainda mais descaramento, brutalidade e sem-vergonhice daquele espetáculo fabuloso e único de seios, traseiros, ventres à mostra. A mãe, os braços curtos erguidos acima da cabeça, interpunha-se entre as mulheres e os *macacos*, sem fazer nada, com um pesado e trabalhoso saltitar de pássaro que tivesse esquecido como voar, um elo pré-histórico entre os répteis e as aves. Num desses saltos, caiu no chão, deslizando pela superfície de ferro do corredor, até ficar enganchada, com uma das traves do parapeito no meio das pernas abertas, coisa que a impedia, por ora, de se despenhar do alto, mas que não evitaria que caísse no pátio, mais cedo ou mais tarde, assim com a metade do corpo suspensa no vazio. Houve um rugido de pavor lançado simultaneamente por todos os espectadores, e se produziu então um silêncio asfixiante, estranho, como se não houvesse mais ninguém na superfície da terra. Até os *engaiolados* emudeceram na cela, mesmo sem ver, unicamente adivinhando que alguma coisa de desmesurado estava a ponto de acontecer. A mulher sacudia os braços num esvoaçar irracional e desesperado. "Não mexe, velha idiota!", rompeu o silêncio um dos *macacos* e arrastou a velha para fora de perigo, puxando-a por baixo dos sovacos. Voltou a reinar o mesmo silêncio de antes, mas agora não apenas por causa da ausência de ruído e de vozes, mas também por conta dos movimentos, movimentos em absoluto carentes de rumor, que não se escutavam, como numa lenta e imaginária ação subaquática, de mergulhadores atuando em estado de hipnose, em que todos, atores e espectadores, estivessem metidos no escafandro do próprio corpo, presente e distante, uma ação imóvel, mas que avançasse fase a fase, aos solavancos, em fragmentos autônomos e independentes, em que a unidade exterior, visível, não fosse harmonizada pelo nexo de uma coerência lógica e causal, mas sim, precisamente, pelo fio frio e rígido da loucura. Algo ia mal nesse filme anterior ao cinema falado. Sabe-se lá o que disse o Comandante aos *macacos* e às mulheres: fez-se uma calma insólita e tensa, dois *macacos* inclinaram-se sobre o cadeado da cela e *desengaiolaram* os três reclusos, e todo o grupo — as três mulheres, seus homens e os guardas —, tranquilamente, apesar dos olhares de louco de Polonio, Albino e mesmo do Caralho, começou a descer as escadas. Na porta do *caixote*, o Comandante fez passar os guardas e então se virou para as mulheres. Estava muito seguro da eficácia da armadilha. "Aqui dentro poderão falar tudo que quiserem com seus presos, à vista de todos", disse, "entrem primeiro as senhoras e depois os machos." As mulheres obedeceram, dóceis, com um ar de vitória cansada. Mas tão logo elas entraram, os dois primeiros *macacos*, com uma rapidez relampejante, empurraram-nas num piscar de olhos para fora do *caixote*, pela porta que dava para o acesso circular, imediatamente fechando o cadeado atrás delas. Elas se viram, de repente e sem se dar conta, do outro lado do Pavilhão, do outro lado do mundo. O Comandante nem teve tempo de rir da armadilha. Albino e Polonio, com o Caralho entre eles, irromperam com cega e desenfreada violência para dentro, seguidos inconscientemente pelo Comandante e por mais um guarda. Com um só e brusco movimento, Albino fechou o cadeado da porta que se comunicava com o Pavilhão. Agora estavam sós com o Comandante e os três guardas, encerrados na mesma jaula de *macacos*. Quatro contra três; não, dois contra quatro, contabilizando-se a nulidade absoluta do Caralho. "Agora vamos ver que tal, seus *macacos* filhos de uma puta", bramiu Albino, tirando o cinto de couro para brandi-lo na luta. Uma cacetada em pleno rosto, no pômulo e no nariz, fez brotar uma repentina flor de sangue, surpreendente, como que saída do nada. Polonio e Albino tinham-se convertido em dois antigos gladiadores, homicidas até a raiz dos cabelos. A luta era calada, estudada, precisa, sem um grito, sem uma queixa. Batiam para matar e para ferir a fundo, com os pés, com os cacetetes, com os dentes, com os punhos, para arrancar os olhos e arrebentar os testículos. Os olhares, as atitudes, a respiração, o calculado movimento de um braço, o avançar ou o retroceder de um pé, consagrados por inteiro à retesada vontade de um único e unívoco fim implacável, exalavam a morte em sua presença mais cabal, mais incrível. As mulheres, impotentes do outro lado da grade, gritavam como demônios, chutavam o guarda que se aproximava e puxavam pelos cabelos aqueles que por um momento caíam perto, para lhes arrancar mechas de cabelos cujas raízes sangravam com pedaços esbranquiçados de couro cabeludo. A mãe, de joelhos, batia a testa contra o chão, repetidas vezes, numa espécie de oração desorbitada e estrambótica, enquanto o Caralho, retraindo-se entre os barrotes, encolhido no intento feroz de reduzir ao máximo o volume de seu corpo, uivava longamente, não fazia outra coisa senão uivar. Chegaram do Comando outros *macacos*, vinte ou mais, providos de longos tubos de ferro. A questão era introduzi-los, tubo por tubo, entre os barrotes, de uma grade à outra da jaula, e, com a ajuda dos guardas que tinham ficado no pátio do Pavilhão, mantê-los firmes, com dois ou três homens segurando em cada extremo, a fim de ir levantando barreiras sucessivas de um lado a outro, de cima a baixo do retângulo, nos mais diversos e imprevistos planos e níveis, conforme as necessidades da luta contra as duas feras, e ao mesmo tempo cuidando para não atrapalhar ou anular a ação do Comandante e dos três *macacos*, numa diabólica sucessão de mutilações do espaço, triângulos, trapézios, paralelas, segmentos oblíquos ou perpendiculares, linhas e mais linhas, grades e mais grades, até impedir todo movimento dos gladiadores e deixá-los crucificados sobre o esquema monstruoso dessa gigantesca derrota da liberdade às mãos da geometria. As três primeiras das cinco barras horizontais, na perpendicular dos barrotes de cada grade do *caixote*, primeiro como ponto de apoio para os tubos que iam de um lado a outro, e depois como estruturação vertical do espaço, bastavam aos propósitos da operação, pois a inferior, à altura dos joelhos, e as do meio e do alto, à altura do baixo ventre e do pescoço de um homem de proporções regulares — Albino, não obstante, ultrapassava a linha superior com a cabeça —, permitiriam estender as hastes invasoras com as quais aferrolhar, até a imobilidade mais completa, o par de rebeldes enlouquecidos. Eles, os gladiadores, eram invencíveis, mesmo diante de Deus, mas contra isso não podiam nada. Empurravam os tubos para cima, pulavam, forcejavam de mil maneiras, mas ao fim não puderam mais. Os guardas entraram na jaula para retirar o Comandante e os três companheiros, convertidos em farrapos. As mulheres foram retiradas pelos pés, tão enrouquecidas que seus gritos já não se ouviam mais. Ao mesmo tempo, o Caralho conseguiu deslizar até os pés do oficial que viera com os guardas. "Ela", murmurou, enquanto assinalava a mãe com um trejeito do olho opaco e lacrimejante, "é ela que está com a droga dentro, metida nas partes. É só revistar que está lá." Fora o oficial, ninguém o escutou. Sorriu com uma careta triste. Pendurados nos tubos, mais presos que qualquer outro preso, Polonio e Albino pareciam farrapos sanguinolentos, *macacos* esquartejados e postos para secar ao sol. A única coisa clara para eles era que a mãe não tinha podido entregar a droga para o filho nem para *ninguéns*, como ela dizia. Pensavam, ao mesmo tempo, que não era mais o caso de matar o aleijado. Para quê?

PRISÃO PREVENTIVA DA CIDADE DO MÉXICO,
FEVEREIRO-MARÇO DE 1969

planos e níveis, conforme as necessidades da luta
contra as duas feras, e ao mesmo tempo cuidando
para não atrapalhar ou anular a ação do Comandante e dos três *macacos*, numa diabólica sucessão
de mutilações do espaço, triângulos, trapézios, paralelas, segmentos oblíquos ou perpendiculares, linhas e mais linhas, grades e mais grades, até
impedir todo movimento dos gladiadores e deixá-los crucificados sobre o esquema monstruoso dessa gigantesca derrota da liberdade às mãos da
geometria. As três primeiras das cinco barras horizontais, na perpendicular dos barrotes de cada grade do *coirote*, primeiro como ponto de apoio para
os tubos que iam de um lado a outro, e depois como
estruturação vertical do espaço, bastavam aos propósitos da operação, pois a inferior, à altura dos
joelhos, e as do meio e do alto, à altura do baixo
ventre e do pescoço de um homem de proporções
regulares — Albino, não obstante, ultrapassava a linha superior com a cabeça —, permitiriam estender as hastes invasoras com as quais aferrolhar, até
a imobilidade mais completa, o par de rebeldes enlouquecidos. Eles, os gladiadores, eram invencíveis,
mesmo diante de Deus, mas contra isso não podiam
nada. Empurravam os tubos para cima, pulavam,
forcejavam de mil maneiras, mas ao fim não puderam mais. Os guardas entraram na jaula para retirar

Fábula: do verbo latino *fari*, "falar", como a sugerir que a fabulação é extensão natural da fala e, assim, tão elementar, diversa e escapadiça quanto esta; donde também falatório, rumor, diz que diz, mas também enredo, trama completa do que se tem para contar (*acta est fabula*, diziam mais uma vez os latinos, para pôr fim a uma encenação teatral); "narração inventada e composta de sucessos que nem são verdadeiros, nem verossímeis, mas com curiosa novidade admiráveis", define o padre Bluteau em seu *Vocabulário português e latino*; história para a infância, fora da medida da verdade, mas também história de deuses, heróis, gigantes, grei desmedida por definição; história sobre animais, para boi dormir, mas mesmo então todo cuidado é pouco, pois há sempre um lobo escondido (*lupus in fabula*) e, na verdade, "é de ti que trata a fábula", como adverte Horácio; patranha, prodígio, patrimônio; conto de intenção moral, mentira deslavada ou quem sabe apenas "mentirada gentil do que me falta", suspira Mário de Andrade em "Louvação da tarde"; início, como quer Valéry ao dizer, em diapasão bíblico, que "no início era a fábula"; ou destino, como quer Cortázar ao insinuar, no *Jogo da amarelinha*, que "tudo é escritura, quer dizer, fábula"; fábula dos poetas, das crianças, dos antigos, mas também dos filósofos, como sabe o Descartes do *Discurso do método* ("uma fábula") ou o Descartes do retrato que lhe pinta J. B. Weenix em 1647, segurando um calhamaço onde se entrelê um espantoso *Mundus est fabula*; ficção, não ficção e assim infinitamente; prosa, poesia, pensamento.

PROJETO EDITORIAL Samuel Titan Jr./PROJETO GRÁFICO Raul Loureiro mesma prisão, de onde sairia em fevereiro de 1935. As duas passagens pelas ilhas penais serviriam de ponto de partida para seu primeiro romance, *Los muros de agua*, publicado em 1941 e seguido, em 1943, de *El luto humano*, que lhe valeu o Prêmio Nacional de Literatura. Dedicando-se a um só tempo ao jornalismo militante e à literatura, publicou nos anos seguintes mais dois volumes — os contos de *Dios en la tierra*, de 1944, e o romance *Los días terrenales*, de 1949 — que lhe valeram renome literário, mas também críticas cada vez mais ácidas de seus companheiros de luta, para quem suas obras não pareciam seguir a linha oficial do partido. Quando os ataques a *Los días terrenales* se fizeram mais violentos, Revueltas optou por retirar suas obras de circulação e manter um longo silêncio: "não abdiquei", mas "me propus estudar a mim mesmo, o que afinal foi muito bom, pois me tornei ainda mais antistalinista e ainda mais antidogmático". Em seus anos de reclusão literária, foi amadurecendo uma atitude de recusa tanto do *establishment* governante, que repousava na quase identidade entre o Estado mexicano e o Partido Revolucionário Institucional, como da ortodoxia soviética que reinava no Partido Comunista Mexicano. Revueltas só voltou à cena editorial em 1956, coincidindo com o "degelo" na União Soviética e a revolta popular na Hungria. Nesse ano, publicou o romance *En algún valle de lágrimas*, seguido em 1957 pela novela *Los motivos de Caín*. Em 1958, ao mesmo tempo que se engajava nas grandes greves ferroviárias, publicou o ensaio político *México: una democracia bárbara*. Em 1960, foi a vez dos contos de *Dormir en tierra*. Nesse mesmo ano de 1960, rompeu com o partido ao participar da criação da Liga Leninista Espartaco, o que lhe valeu, dos antigos camaradas, a pecha de "extremista de esquerda" —

SOBRE O AUTOR

José Revueltas nasceu em Santiago Papasquiaro, no estado de Durango, México, em 20 de novembro de 1914. Filho de um comerciante e de uma dona de casa, Revueltas cresceu num ambiente de devoção às artes: entre seus irmãos, Fermín foi um dos pintores importantes da geração *estridentista*; Rosaura teve uma longa carreira como atriz de teatro e cinema, estrelou o filme *The Salt of the Earth* em Hollywood e veio a ser perseguida pelo macartismo; e Silvestre dedicou seus talentos de compositor a uma fusão de música sinfônica e tradição mexicana. Aos seis anos, José Revueltas mudou-se com a família para a Cidade do México, onde começou a estudar no Colégio Alemão; contudo, a morte precoce do pai e a falência do negócio familiar levaram-no à escola pública e à convivência com os pobres e os marginalizados, experiência decisiva para o menino, que abandonou os estudos formais antes mesmo de terminar o primeiro ano do liceu. Autodidata daí em diante, o jovem Revueltas passou a frequentar assiduamente a Biblioteca Nacional e a perambular pela capital mexicana, ao mesmo tempo que se iniciava na militância política, na órbita do Partido Comunista Mexicano. Em 1929, participou de um comício na praça central da cidade, o Zócalo, içou uma bandeira vermelha no mastro da bandeira nacional e foi levado à prisão, onde comemorou seu aniversário de quinze anos. Seis meses depois, libertado sob fiança, ingressou formalmente no Partido Comunista. Sua militância valeu-lhe uma segunda temporada de cárcere, na prisão de segurança máxima das Islas Marías, entre julho e novembro de 1932; em 1934, detido ao organizar uma greve de peões de fazenda no estado de Nuevo León, voltou à mesma prisão, de onde sairia em fevereiro de 1935. As duas passagens pelas ilhas penais serviriam de ponto de partida para seu primeiro romance, *Los muros de agua*, publicado em 1941 e seguido, em 1943, de *El luto humano*, que lhe valeu o Prêmio Nacional de Literatura. Dedicando-se a um só tempo ao jornalismo militante e à literatura, publicou nos anos seguintes mais dois volumes — os contos de *Dios en la tierra*, de 1944, e o romance *Los días terrenales*, de 1949 —, que lhe valeram renome literário, mas também críticas cada vez mais ácidas de seus companheiros de luta, para quem suas obras não pareciam seguir a linha oficial do partido. Quando os ataques a *Los dias terrenales* se fizeram mais violentos, Revueltas optou por retirar suas obras de circulação e manter um longo silêncio: "não abdiquei", mas "me propus estudar a mim mesmo, o que afinal foi muito bom, pois me tornei ainda mais antistalinista e ainda mais antidogmático". Em seus anos de reclusão literária, foi amadurecendo uma atitude de recusa tanto do *establishment* governante, que repousava na quase identidade entre o Estado mexicano e o Partido Revolucionário Institucional, como da ortodoxia soviética que reinava no Partido Comunista Mexicano. Revueltas só voltou à cena editorial em 1956, coincidindo com o "degelo" na União Soviética e a revolta popular na Hungria. Nesse ano, publicou o romance *En algún valle de lágrimas*, seguido em 1957 pela novela *Los motivos de Caín*. Em 1958, ao mesmo tempo que se engajava nas grandes greves ferroviárias, publicou o ensaio político *México: una democracia bárbara*. Em 1960, foi a vez dos contos de *Dormir en tierra*. Nesse mesmo ano de 1960, rompeu com o partido ao participar da criação da Liga Leninista Espártaco, o que lhe valeu, dos antigos camaradas, a pecha de "extremista de esquerda" —

logo complementada pela pecha de "direitista", cortesia dos novos camaradas de Liga, que o expulsaram em 1963. Em sua época de Liga, escreveu e publicou um de seus grandes textos políticos, *Ensayo sobre un proletariado sin cabeza*, de 1962, em que explicitou sua índole libertária e humanista, ao arrepio de todo oficialismo. Nos anos seguintes, aproximou-se do movimento de contestação estudantil, tornando-se figura de referência para várias de suas correntes e participando de marchas, assembleias e ocupações. Quando da violenta repressão policial ao movimento, culminando no Massacre de Tlatelolco, em 2 de outubro de 1968, a cabeça de Revueltas foi posta a prêmio. Detido em novembro, foi condenado a 16 anos de pena na prisão de Lecumberri — conhecido pela alcunha de "Palácio Negro" —, nos arrabaldes da Cidade do México. Encarcerado inicialmente na ala dos assassinos, só conseguiu ser transferido para a ala dos prisioneiros políticos depois de uma greve de fome. Nos primeiros anos de 1969, escreveu ali a novela que o leitor tem em mãos, *El apando*, dedicada a Pablo Neruda — poeta que criticara o "existencialismo" exacerbado do primeiro romance do autor mexicano —, publicada no mesmo ano e adaptada para o cinema em 1975, sob a direção de Felipe Cazals. Revueltas foi libertado após dois anos de encarceramento e, em 1974, publicou sua última obra literária, os contos de *Material de los sueños*. Casou-se três vezes: em 1937, com Olivia Peralta, mãe de sua filha Andréa; em 1947 com María Teresa Retes, com quem teve dois filhos, Olívia e Román; e por fim com Ema Barrón Licona, em 1973. José Revueltas faleceu na Cidade do México, em 14 de abril de 1976.

SOBRE O TRADUTOR

Samuel Titan Jr. nasceu em Belém, em 1970. Estudou filosofia na Universidade de Sao Paulo, onde leciona Teoria Literária e Literatura Comparada desde 2005. Editor e tradutor, organizou com Davi Arrigucci Jr. uma antologia de Erich Auerbach (*Ensaios de literatura ocidental*) e assinou versões para o português de autores como Adolfo Bioy Casares (*A invenção de Morel*), Gustave Flaubert (*Três contos*, em colaboração com Milton Hatoum), Jean Giono (*O homem que plantava árvores*, em colaboração com Cecília Ciscato), Voltaire (*Cândido ou o otimismo*), Prosper Mérimée (*Carmen*) e Eliot Weinberger (*As estrelas*).

SOBRE ESTE LIVRO

A gaiola, São Paulo, Editora 34, 2020 TÍTULO ORIGINAL *El apando*, 1969 © José Revueltas, 1969. Fez-se a tradução a partir do texto de José Revueltas, *El apando* (México: Era, 2016) TRADUÇÃO © Samuel Titan Jr., 2020 PREPARAÇÃO Juliana Bitelli REVISÃO Andressa Veronesi, Flávio Cintra do Amaral PROJETO GRÁFICO Raul Loureiro IMAGEM DE CAPA Nacho López, porta de uma cela de castigo na prisão de Lecumberri, publicada originalmente em "Prisión de sueños" (revista *Mañana*, Cidade do México, 10 de março de 1951, página 31), com reportagem de Carlos Argüelles e fotografias de Nacho López ESTA EDIÇÃO © Editora 34 Ltda., São Paulo; 1ª edição, 2020. A reprodução de qualquer folha deste livro é ilegal e configura apropriação indevida dos direitos intelectuais e patrimoniais do autor. A grafia foi atualizada segundo o Acordo Ortográfico da Língua Portuguesa de 1990, que entrou em vigor no Brasil em 2009.

EDITORA 54
Editora 54 Ltda. Rua Hungria 592
Jardim Europa cep 01455-000
São Paulo — sp Brasil
tel/fax (11) 3811-6777
www.editora54.com.br

CIP — Brasil. Catalogação-na-Fonte
(Sindicato Nacional dos Editores de Livros, RJ, Brasil)

Revueltas, José, 1914-1976
A gaiola / José Revueltas; tradução de Samuel Titan Jr.
— São Paulo: Editora 34, 2020 (1ª Edição).
64 p. (Coleção Fábula)

Tradução de: El apando

ISBN 978-85-7326-754-9

1. Ficção mexicana. I. Titan Jr., Samuel.
II. Título. III. Série.

CDD-860M

TIPOLOGIA Walbaum PAPEL Pólen bold 90g/m²
IMPRESSÃO Loyola TIRAGEM 2.000 Fevereiro 2020

EDITORA 34
Editora 34 Ltda. Rua Hungria, 592
Jardim Europa cep 01455-000
São Paulo — sp Brasil
tel/fax (11) 3811-6777
www.editora34.com.br